A la Madre Tierra—Y

Published in Canada, the UK and in the US in 2024.

LIBRARY AND ARCHIVES CANADA CATALOGUING IN PUBLICATION

Title: SOS agua / texto e ilustraciones, Yayo.
Names: Yayo, author, illustrator.
Description: Issued also in French under title: SOS eau and in English under title: SOS water.
Identifiers: Canadiana (print) 20240332466 | Canadiana (ebook) 20240332490 | ISBN 9781990598258 (hardcover) | ISBN 9781990598319 (EPUB)
Classification: LCC PS8597.A95 S6618 2024 | DDC jC843/.54—dc23

Book typesetting by Elisa Gutiérrez.
The text is set in Futura.

10 9 8 7 6 5 4 3 2 1

Printed and bound in Korea. The paper in this book came from Forest Stewardship Certified and Sustainable Forestry Initiative fibers.

El autor agradece al Consejo de Artes de Canadá, al Consejo de Artes y de Letras de Quebec, a la Federación Valonia Bruselas y al Encuentro de Literatura, de Artes y de Cultura, por su apoyo en la creación de esta obra.

La editorial agradece a The Government of Canada, Canada Council for the Arts y a Livres Canada Books por su apoyo financiero. Agradecemos también a The Government of the Province of British Columbia por el apoyo financiero recibido a través del programa de Book Publishing Tax Credit, Creative BC y British Columbia Arts Council.

Supported by the Province of British Columbia

Conseil des Arts
du Canada

Texto e ilustraciones

Yayo

TRADEWIND BOOKS
Vancouver • London

Recuerdo la primera vez que la vi, abandonada en una pecera
en una acera cerca del puerto. Enseguida, ella me preguntó:
"¿Quieres ser mi amigo?"

Normalmente no hablo con extraños en la calle, pero como
era un pez el que me hablaba, le contesté:
"Sí, podemos ser amigos. Me llamo Lalo. ¿Cuál es tu nombre?"

Dos estrellitas se iluminaron en sus ojos.
Con una voz dulce, dijo:
"¡Me llamo Rosa!"

Ella me habló de su soledad en la diminuta prisión de cristal, y de sus días y de sus noches en el agua sucia. "Quiero una vida mejor", me dijo.

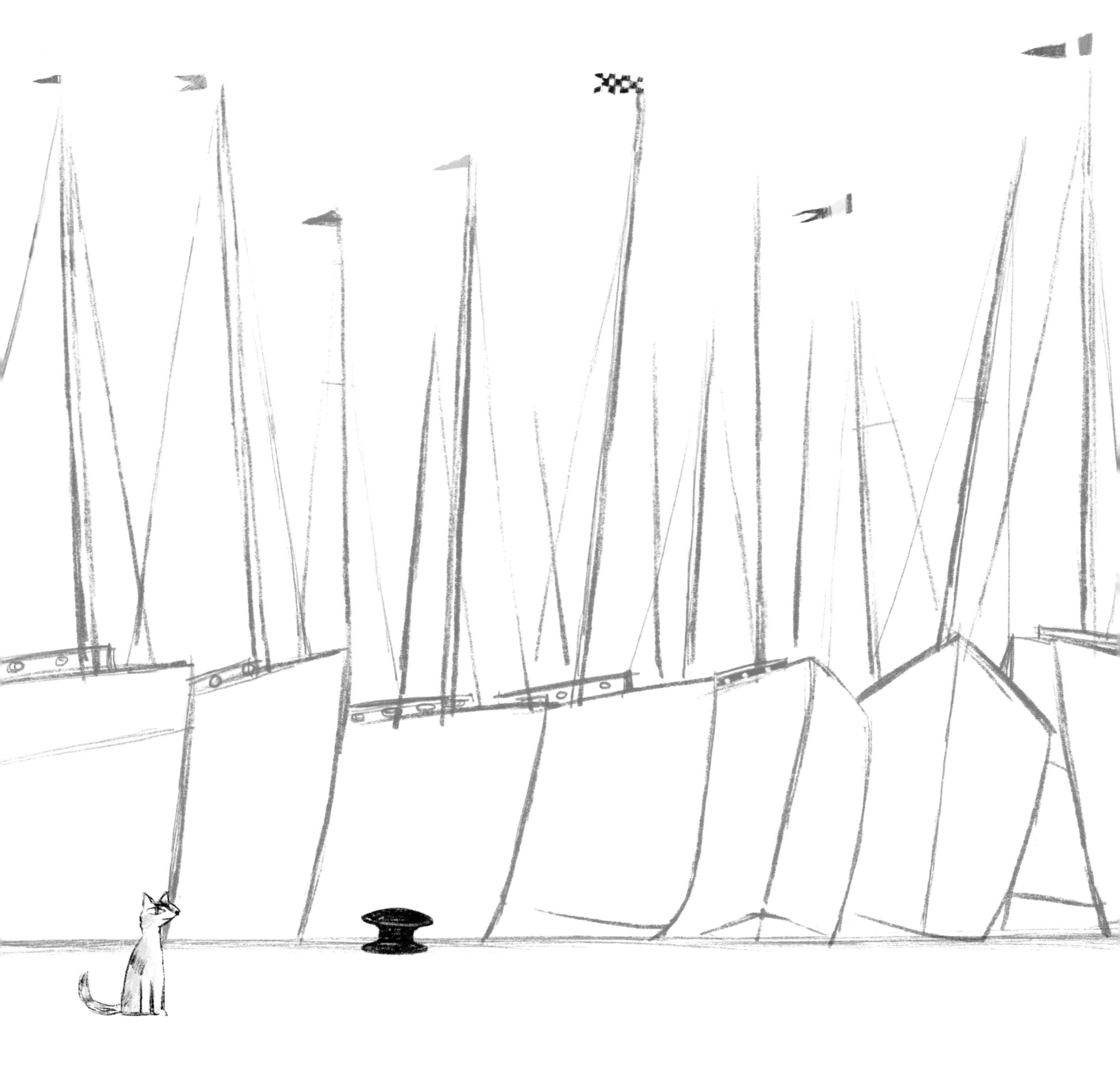

Decidí llevar a Rosa conmigo y encontrarle un buen lugar.

"¿Por qué no el estanque del parque?", le pregunté.
"Vamos a otro lugar", respondió Rosa.

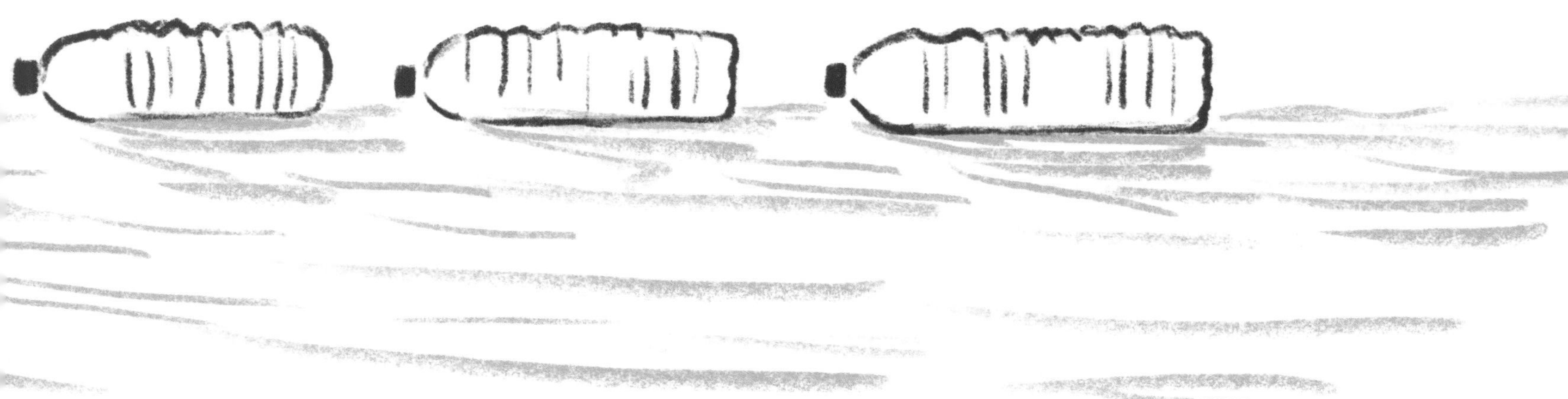

Así que subimos muy alto.

Fuimos al norte lejano.

Exploramos selvas tropicales.

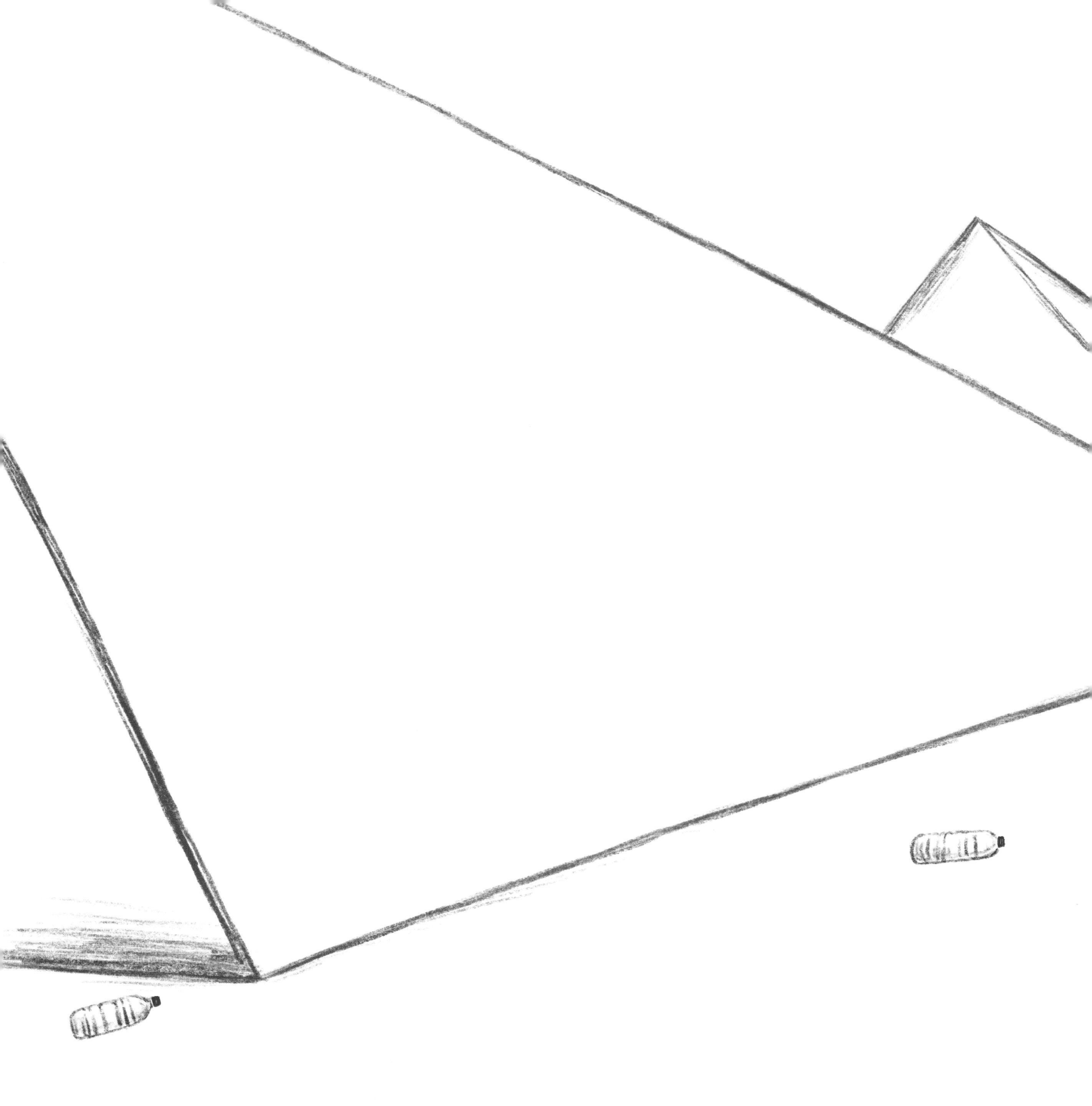

Cruzamos desiertos.

Fuimos a todas partes.

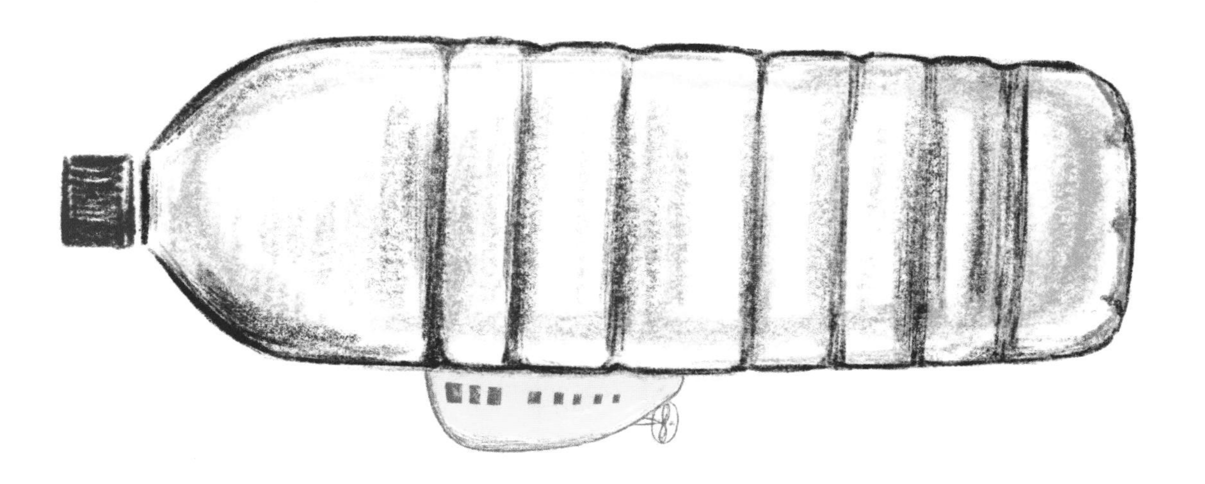

Y en todas partes las encontramos.

Incluso vimos una rara especie de pulpo trabajando duro.

Nos preguntamos de dónde venía todo eso.

SUPERMERCA

Soñé que tenía poderes mágicos para limpiar el mundo.

"¿Qué puedo hacer?", le pregunté al mar.

Volví a trabajar con mis amigos Tonka, el bisonte, Lino, el cormorán y Tao, el zorro.

Más tarde, encontramos a nuestra amiga Betina varada en una playa.
Con mucho esfuerzo la liberamos de lo que la enfermaba.
Luego, un equipo especial de rescate la devolvió al agua.

Celebramos el rescate de Betina haciendo
una fiesta en un viejo granero.
Para la ocasión, ¡Rosa se convirtió en
una estrella de música disco!

Rosa todavía necesitaba un buen lugar donde vivir. Decidimos ir a caminar y seguir buscando.

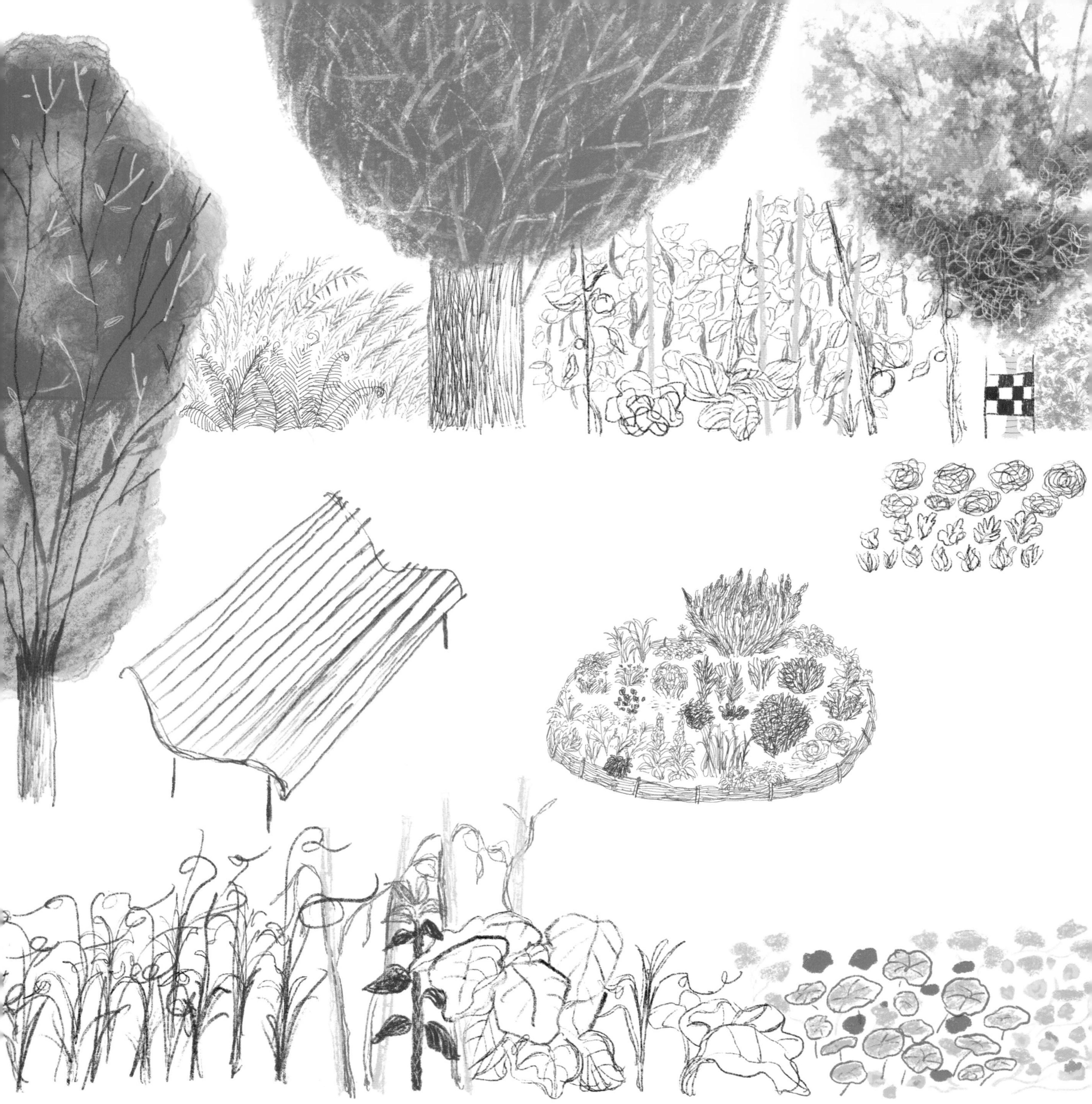

Después de un cierto tiempo, llegamos a un jardín comunitario. Allí conocimos a Bibo, un amable enano de jardín.
Después que Rosa le contó su historia, Bibo exclamó: “¡Yo creo que tengo un lugar ideal para ti!”

Bibo llevó a Rosa a un estanque mágico, junto a su casa.

Protejamos los ecosistemas. No liberemos carpas doradas en los cuerpos de agua, para evitar que se conviertan en especies invasoras.

Le prometí a Rosa que la visitaría a menudo. Fue difícil separarme de mi amiga, pero al mismo tiempo me sentí feliz por ella.

Regresé a mi casa con una cesta de verduras
que Bibo me había regalado.
Era un día muy caluroso. ¡Tenía tanta sed!

Tan pronto entré, bebí un refrescante
VASO DE AGUA DEL GRIFO.

Antes de beber agua del grifo, hay que verificar si el agua es potable.

Y convertí la pecera en una ensaladera,
con deliciosas lechugas del jardín de Bibo
y un tomate rojo que me recordaba a mi
amiga, la hermosa Rosa.